타임지를 읽는 경비

수우당 시인선 015
타임지를 읽는 경비

2024년 7월 5일 초판 인쇄

지은이 | 김승강
펴낸이 | 서정모
펴낸곳 | 도서출판 수우당

주 소 | 51516 창원시 성산구 외동반림로 126번길 50
전 화 | 055-263-7365
팩 스 | 055-283-8365
이메일 | dlp1482@hanmail.net
출판등록 | 제567-2018-7호(2018.2.12)

ISBN 979-11-91906-31-8-03810

값 12,000원

✱이 책은 ▥경남문화예술진흥원의 문화예술지원을 보조받아 발간되었습니다.
✱잘못된 책은 바꾸어 드립니다.
✱저자와 협의하여 인지를 붙이지 않습니다.

수우당 시인선 015

타임지를읽는 경비

김승강 시집

수우당

김 승 강

- 1959년 마산합포구 구산면 난포리에서 태어나 경상대학교 중어중문학과 석사과정을 졸업했다.
- 2003년 『문학 · 판』을 통해 등단하여 시집 『흑백다방』『기타 치는 노인처럼』『어깨 위의 슬픔』『봄날의 라디오』『회를 먹던 가족』『타임지를 읽는 경비』와 산문집 『노인을 기다리며』를 펴냈다.

나는 너에게 많이 미안하다
해준 것 없이 받기만 했다
여전히 해줄 수 있는 것이 없고
앞으로도 해줄 자신이 없다
그래서 나는 나를 조롱하기로 했다
그게 제일 쉬웠다

|차 례|

시인의 말

1부

2부

3부

4부

1부

밥솥 안의 뻐꾸기

뻐꾸기를 본 적이 없다 했더니 뻐꾸기를 보았다는 사람
이 사진을 보내주었다

사진으로 보아도 뻐꾸기를 본 것일까

늦봄 산에 갔더니 뻐꾸기가 반경 백 미터 내에서 나를
쫓아다니며 울었다

내 집에 뻐꾸기가 한 마리 있긴 하다

아침에 종종 우는데 울음소리만 들었지 뻐꾸기는 보지
못했다

어느 날 나는 산책길에서 죽은 뻐꾸기를 보았다

집에서 우는 뻐꾸기였다

울음이 빠져나간 뻐꾸기였다

배고픔을 이해한다는 뻐꾸기였다

나는 죽은 뻐꾸기는 보지 못했을 그를 위해 사진을 한
장 찍었다

이 세상의 모든 공사는 언제 끝나나

이 세상의 모든 공사는 언제 끝나나
옛길을 찾아왔는데 옛길은 간데없고
공사 중
이 세상의 모든 집들은 언제 다 지어지나
고향집을 찾아왔는데 고향집은 간데없고
공사 중

모든 길의 공사가 끝나고
모든 집들이 다 지어진 뒤
백 년이고 이백 년이고
낡은 길은 다시 다지고
낡은 집은 다시 고쳐
아무도 길 위에서
아무도 마을 어귀에서
이방인이 되지 않는 날은
언제 오나

중세의 수도원처럼

길은 자신을 밟고 간 나그네의 발길을 기억하고
집은 자신의 품에서 죽은 자의 이름을 추억하는 날은
언제 오나

모든 공사는 작은 전쟁

이 세상의 모든 전쟁은 언제 끝나나

부재

그가 보이지 않는다는 사실을 깨달은 것은
그가 사라지고 한참 뒤였다

돌이켜보면
예상된 일이었지만
아무도 예상하지 못한 일이기도 했다

남은 우리는 흩날리는 눈발처럼 어둠 속으로 흩어졌다

그리고 아무도 그의 부재에 대해 말하지 않았다

그 많던 흑백

클래식 음악다방이었다

흑백들이 모여들었고 흑백들은 검은 차를 마시며
저마다의 자세로 음악을 아는 체했다

주인은 노년에 들어
흑백다방보다
흑백으로 불러주기를 바라는 눈치였다

흑백들은 흑백다방에서 흑백을 만나
흑백사진 밖으로 떠났고

베토벤 머리의 화가주인도 죽은 부인을 만나러 떠났다

어두운 적산가옥에 남아 피아노를 치던
둘째 딸의 장례식에는
흑백사진 밖으로 떠났던 흑백들이
마지막으로 모여들어 한 방울의 눈물을 떨구고 흩어졌다

원탁의 술자리

평생 사내에게 사랑을 받아보지 못한 여인이 앉아 있네

원탁의 술자리
전직 보험설계사, 아파트 경비반장, 자격증이 없어도 되
는 작은 아파트의 관리소장
그리고 평생 사내에게 사랑을 받아보지 못한 여인

관리소장은 모든 여인에게 사랑을 주고 싶은 자
모든 여인에게 관심이 있으면서도
평생 사랑한다는 말을 해 본 적이 없다는 사실을
어젯밤 새삼 깨달은 자
경비반장은 전직 보험설계사의 관심을 사고 싶은데
여주인이 자신의 아내
평생 사내에게 사랑은 받아보지 못한 여인은
모든 여인에게 사랑을 주고 싶은
관리소장의 술을 받네
평생 사내에게 사랑을 받아보지 못한 여인의 주량은
소주 석 잔

젊고 예뻤던 전직 보험설계사의 주량은
세 병

안주는 먹지 않고 깡소주만 입에 털어넣는
전직 보험설계사가 먼저 취해 일어나 나가자
관리소장이 뒤따라 나가고
평생 사내에게 사랑을 받아보지 못한 여인이
눈으로 그의 뒤를 쫓아가네

나의 경비 아저씨

내가 사는 아파트의 경비 아저씨는 인사성이 없다
나는 안녕하세요 그리고 그는 예 그런다
늘 내가 먼저 인사하고 그가 뒤에 답한다
경비아저씨는 전직이 교장 선생이셨나
고위 공무원이셨나
대기업 간부셨나
먼저 본 사람이 먼저 안녕하세요 할 수 없나
안녕하세요 하면 예 말고 똑같이 안녕하세요 라고 답할
수 없나
안녕하세요 먼저 말하기 경쟁을 할 수 없나
경비아저씨는 나이를 셈하고 있다
경비아저씨는 나보다 나이가 윈 거 같다
저 건너 아파트의 경비아저씨는
전직이 대기업 간부도 아니고
교장 선생님도 아니고
고위 공무원도 아니었다는데
시를 쓰는 시인이라는데
아침에 학교 가는 아이에게도 안녕하세요

지나가는 개에게도 안녕

고양이에게도 안녕

배달시켜 먹다 다 먹지도 않고 내 놓은 포장음식용기를

음식은 음식대로 비닐포장은 포장대로

대신 분리하는 시를 쓰는 경비아저씨

지구에 넘쳐나는 플라스틱을 걱정하는 경비아저씨

수입해 쌓아놓은 플라스틱 산에서

돈 될 것을 찾는 가난한 나라의 아이들을

플라스틱 산에서 먹다 남은 음식찌꺼기를 찾아 먹는

개들을 소들을 걱정하는 경비아저씨

플라스틱을 음식으로 먹고 죽은 뱃속에 플라스틱이 가
득한

바닷거북을 안타까워하는 경비아저씨

세상에 나서 세상을 위해 한 게 아무것도 없다며 미안
해하는

술을 좀 과하게 마시는 것이 흠이라면 흠인

혼자서도 즐겁게만 사는 경비아저씨

나의 경비아저씨

피뢰침 끝에 앉은 까마귀

앞 동 옥상 위 피뢰침 끝에 앉은 까마귀;

나 같아

앞 동 옥상 위 피뢰침 끝에 앉은 까마귀;

시를 기다리는

앞 동 옥상 위 피뢰침 끝에 앉은 까마귀;

절대공간

앞 동 옥상 위 피뢰침 끝에 앉은 까마귀;

새벽빛은 밝아오고

앞 동 옥상 위 피뢰침 끝에 앉은 까마귀;

언제 날아가고 없는

앞 동 옥상 위 피뢰침 끝에 앉은 허공;

절대시간은 오지 않고

계란이 왔습니다

계란이 떨어졌으므로
계란을 떨어뜨릴 수는 없으므로

집을 나와 소주를 샀다
소주를 살 계획은 없었지만 계란이 왔으므로

계란을 사는 김에

소주는 계란만으로는 부족해
마트로 가 돼지고기를 샀다
라면은 남아 있고 계란이 왔으므로

돼지고기를 구워 소주를 마신다

　계란이 떨어지는 것이 자신의 책임인 양
　계란을 싣고 마을마다 외치고 다녔던 너

달을 쏘다

네 폭 창에 달이 떴다 달은 여름을 지나고 있었다 나는 구겨져 있다 일어났다 달이 나를 당겨 일으켰으리라 정좌하고 달을 향해 앉자 달이 가을로 넘어가려 한다 나는 일어나 의자에 앉는다 스툴에 두 발을 얹고 허리를 펴고 달을 올려다 본다 달빛은 발끝에서부터 머리끝까지 나를 어루만진다 달이 뜨기 전 사건이 있었다 두 발의 총성이 울리고 한 사내가 죽었다 아득한 수평 아래 달의 고막을 때렸을 두 발의 총성; 총 쏜 사내는 나를 닮은 히키코모리였다 달이 가을을 간다 몸이 죽음으로 건너가려 한다 기다렸다는 듯 달의 혀가 나의 중심을 훑는다 책상 위에서 내 수음을 지켜보았을 아베 마리아 나는 토끼의 순간에 달을 쏘고 달을 껐다

어느 날의 과자

과자를 먹으며 아이가 걸어가고 있다
아이의 뒤를 어른이 따라가고 있다
어른은 갑자기 과자가 먹고 싶다
어른이 되고 과자가 먹고 싶다고 생각해 본 적이 없
는데
딱 한 번 아이의 과자를
뺏어먹고 싶은 어른이 아이를 따라가고 있다
아이가 과자를 다 먹고
과자봉지를 길가에 던져버렸다
어른은 놀라 멈춰 섰다
길가에 어른이 혼자 멈춰 서 있다
아이는 작게 멀어져갔다
과자봉지 하나가 길가에 떨어져 있다
아이가 먹던 과자가 들어있던 과자봉지다
그가 먹고 싶었던 과자의 봉지다
그가 머뭇거리고 서 있는 사이
바람이 와서 과자봉지를 데리고 갔다
가로수 한 그루가 그의 옆으로 다가섰다

그는 과자봉지를 주웠어야 했다

친구의 초대

친구 부부가 우리 부부를 초대했다 저녁식사를 함께 하
자는 것이었다 우리 부부는 방금 싸운 뒤라 서먹했는데
덕분에 손잡고 외출할 수 있게 되어 반가웠다 초겨울 저
녁이었다 바람이 차가웠다 집 밖으로 나오자 여기저기서
또래의 부부들이 쌍쌍이 집을 나서고 있었다 그렇지 금요
일이었지 우리는 모르는 부부들의 대열에 합류했다 모르
는 부부들은 우리가 가는 방향과 같은 방향으로 가고 있
었다 모두 초대에 가는 것일까 지구의 종말을 피해 피난
처로 가는 것일까 생각해 보니 금요일마다 일어나는 풍경
이었다 모르는 부부들의 표정은 즐겁지도 슬프지도 않았
다 도중에 나는 잡았던 아내의 손을 놓치고 말았다 아내
의 손이 빠져나갔지만 내 손은 허전하지 않았다 서로의
손을 놓친 부부들은 또 있었다 그들도 나처럼 혼자서 걸
어가고 있었다 나는 친구의 집에 도착했다 모르는 부부들
도 내 친구집의 옆집 그 옆집의 옆집 문을 두드리고 있었
다 친구 부부가 현관문을 열고 나를 반갑게 맞아 주었다
다른 친구 부부들도 도착해 있었다 금요일 밤의 의식이
시작되었다 내 옆에는 아내의 자리가 마련되어 있었다 나

는 모르는 일이었다

죽음의 형식 : 먼 벤치 위의 죽음

한 노인이 벤치 위에 앉아 있었다

노인은 벤치 위에 한가로이 앉아 있을 사람 같지 않
았다

노인은 한 손에 막걸리 통을 들고 있었다

노인은 벤치에 앉아 막걸리나 마실 사람 같지 않았다

막걸리를 통째 마시다 말고

생각에 잠긴 듯

막걸리통을 든 채 눈을 감고 있었다

날이 저물고,

나는 세상을 한 바퀴 돌아왔는데

한 노인이 벤치 위에 앉아 있었다

노인은 벤치 위에 한가로이 앉아 있을 사람 같지 않
았다

노인은 한 손에 막걸리 통을 들고 있었다

노인은 벤치에 앉아 막걸리나 마실 사람 같지 않았다

막걸리를 통째 마시다 말고

생각에 잠긴 듯

막걸리통을 든 채 눈을 감고 있었다

노인이 앉은 벤치 한쪽에 막걸리통이 두 개 놓여 있
었다
  빈 막걸리통인 듯
  하나는 쓰러져 있었다
  아무도 노인을 아는 체 않는 것으로 보아
  노인은 먼 마을에 사는 노인인 것 같았다
  아무도 노인에게 다가가지 않는 것으로 보아
  노인의 선택을 모두 존중하는 것 같았다

  나는 집으로 돌아와 소주를 마셨다

연아의 결혼

연아가 결혼한다기에 연아의 피앙세를 찾아보았다 연아
의 피앙세는 과연 젊고 잘생긴 가수였다 부러운 생각으로
그의 노래를 듣다가 그의 목소리에 반하고 말았다 연아가
아깝지 않을 만큼 그의 노래가 좋았다 연아의 결혼이 아
니었다면 듣지 못했을 그가 부르는 노래, 백학 그의 백학
은 드미트리 호보로스토프스키 못지 않았다 드미트리의
백학을 푸틴이 좋아한다고 했던가 푸틴까지 생각하고 싶
지 않았는데 연아의 결혼 때문이다 연아의 결혼은 나의
여자까지 생각하게 했다 이것도 생각하고 싶지 않았던
것; 백학을 듣는 밤이다 슬픈 노래는 달콤한 내생을 꿈꾸
게 한다

길 끝에는 양계장이 있었다

우리는 늦은 점심을 먹으러 길가 식당으로 들어갔다 음식이 나오기 전 아내는 주위를 살피면서 내 몸에서 계분냄새가 난다고 했다 방금 전까지 우리는 양계장에 있었으므로 당연한 일이었다 계분은 식물이 뿌리를 땅속 깊이 내릴 수 있도록 도와주지 그 식물을 우리가 먹고 살지; 계분이 키운 식물로 만든 반찬이 나왔다 아내는 반찬에서도 계분냄새가 난다고 했다 아내와 달리 나는 계분냄새가 고마웠고 계분냄새가 나는 반찬은 맛있었다 양계장은 길 끝에 있었다 일주일에 한 번 거대한 사료차가 사료를 싣고 산을 힘겹게 올라왔다 닭들은 선 채로 밥을 먹고 선 채로 알을 낳고 선 채로 똥을 쌌다 또 일주일에 한 번 계란차가 도둑처럼 가볍게 올라와 알을 싣고 무겁게 내려갔다 우리는 양계장에서 나오는 계분을 받아 먼 강가의 우엉밭에 넘겼다 나는 우엉이 깊이 뿌리를 내리며 자라는 강마을이 좋았지만 아내는 씻은 내 몸 아래 누워서도 내 몸에서 계분냄새가 난다고 했다

2 부

뱀의 숲

네가 내 숲을 다녀갔다는 것을 밟혀 죽은 뱀을 보고 알
았다
다시는 내 숲에 발을 들여놓지 않겠다며 떠난 네가 아
니었던가

밟혀 죽은 뱀은 나의 뱀이었다
나는 이 날이 올 줄 알고 내 숲에 수많은 뱀을 풀어놓
았었다

숲을 비울 때
나는 내 숲의 뱀들에게 명령했었다
오직 한 사람만은 물지 말고
그 발아래로 기어들어가 밟혀 죽으라고

내 숲에 새로 난 길이 달빛에 빛난다
내 뱀의 죽음이 만든 네 길이다

내가 가끔 트로트를 듣는 이유

그 거리가 한때 흥청거렸다는 것을 오늘날 말해줄 수 있는 자는 누구인가 그 도시는 오래전 타국의 기획으로 만들어진 군항도시였다 도시의 동쪽 변두리에서 서쪽 도심으로 가는 중간지점에 불쑥 극장이 하나 나타나는 것부터 어떻게 설명해야 할까 나는 그 극장의 간판장이를 친형으로 둔 동네 형을 따라 아무나 드나들 수 없는 그 극장의 화장실 뒤 어두컴컴한 간판실에 들어가 본 것을 행운이었다고 생각해왔다 도시 변두리에 사는 한 소년이 도심으로 가 서울에서 새벽 기차 편으로 내려온 조간신문을 받아 그 극장 앞 버스정류소에서 내려 동네 거리를 뛰어다닐 때 그 거리의 지난밤의 흥청은 목격되었다 극장 뒤로는 철길이 지나갔고 철길을 건너면 지린 오줌냄새가 배인 유곽을 지나가야했다 한 아름 신문을 안은 소년은 유곽을 지날 때마다 뒤가 마려워지는 것을 느꼈는데 어느 날 유곽을 지날 즈음 뒤가 마려웠고 급히 화장실을 찾아 헤맸으나 화장실을 찾기도 전에 바지에 똥을 싼 채 배달을 마쳐야 했던 날부터 생긴 증상이었다 유곽을 지나면 작은 광장이 나오고 작은 광장 한쪽에는 소방서가 있었다

소방서 건물 안에는 한 대의 빨간 불자동차가 떠나간 애
인을 기다리는 여인같이 우두커니 서 있었다 동네는 들어
갈수록 지대가 조금씩 높아졌는데 마을 끝 너머 산 중턱
에는 중학교가 있었다 그 중학교에는 신문배달을 늦게 마
친 소년이 지각한 날 친구들 앞에서 소년에게 무안을 준
국어선생이 소년의 친구들을 가르치고 있었다 꾸중을 들
은 날 소년은 교실창가에서 창밖을 바라보고 있었는데 소
년의 시선 너머로는 작은 바다가 어항의 물처럼 만에 갇
혀 있었다 그 앞 뭍으로는 해안을 따라 군부대가 펼쳐져
있고 그 한쪽에 신병훈련소가 있었다 그러니까 극장과 신
병훈련소는 도심으로 가는 중앙도로를 사이에 두고 건너
편에서 서로 마주보는 형국이었다 느닷없이 극장이 나타
나고 그 뒤로 유곽이 있고 그 위로 소방서가 있는 한때
흥청거렸던 거리, 신문배달 소년이었던 나는 동네 형의
친형이 높은 천정 아래 흐린 백열등을 밝힌 어두운 간판
실에서 당대의 배우들의 얼굴을 그리던 붓으로 그 거리의
흥청을 그릴 수 있을까

절정

벗나무 한 그루가 피워 올릴 수 있는 모든 꽃잎의 수와
그 꽃잎들을 다 피우기도 전에 먼저 피워올린 꽃잎이
떨어져 버릴 때의 벗나무의 슬픔을 생각해 보았는가

벚꽃은 피면서 졌다
많은 꽃잎을 피워올리는 동안
때로는 바람이 불고 때로는 비가 내렸기 때문인데
꽃잎에 여린 핏빛이 묻어나는 이유가 거기에 있었다

이 봄은 달랐다
벗나무 한 그루가 피워 올릴 수 있는 모든 꽃잎이 다
나올 때까지
단 하나도 먼저 떨어져 눕는 꽃잎은 없었다
마침내 마지막 꽃잎이 나올 때
나는 한 벗나무 아래에서 만개의 순간을 우러르고 서
있었다
어떤 슬픔도 밟히지 않았다

밤이었고 가로등이 증인처럼 서 있었다

기찻길 옆 고깃집

기찻길은 있는데 기차가 지나가지 않아요
왜인지 아세요
기찻길 끝에 주둔해 있던 군부대가 떠났거든요
일부만 남기고요
어릴 때 아침저녁이면 장관이었습니다
출퇴근하는 군무원들의 자전거 행렬이 뱀처럼 이어졌
지요
기차는 도시 밖의 군무원들을 실어날랐습니다
자전거 행렬은 사라지고
기차는 빗속에 우두커니 서 있겠죠
(빗속에 서 있는 기차처럼 슬픈 게 이 세상에 또 있을
까–파블로 네루다)
군부대 주변 가게들은 썰물처럼 빠져나가고
흥청대던 도시는 일찍 잠들었습니다
그곳에 이것저것 하다 실패한 내 친구 하나가 고깃집을
냈습니다
젊을 때 꿈이 통기타 가수였던 친구는
숯불을 준비하는 중간중간 손님의 신청을 받아

통기타를 치며 노래를 불렀습니다
친구의 고깃집을 찾아 술 마시며
노래를 신청하는 사람들은
대부분이 퇴역군인들이었습니다
연금으로 고기를 구워 먹는 퇴역군인들;
숯불의 연기가 잦아들고
친구의 노래가 뜸해진 뒤
그 옛날 포장마차들로 불야성을 이루던
복개천 앞
친구의 고깃집에서 늙은 군인들의 노랫소리가
밤늦게까지 흘러나왔습니다

여기, 술집

새마을금고 건너편
내려오는 간판이 있고
올라가는 간판이 있다

여기, 술집;
몸뚱이 하나 믿고 타지에서 들어왔을 여자가
바쁘게 들락거리고 있다

개업을 축하합니다
자신에게 급히 보냈을 화환

여자는 담배 물고 양지바른 곳에서
해바라기하고 있을
마을 사내들을 불러들이겠지

로렐라이 언덕은 슬프기보다 차라리 쓸쓸하겠지

집
  -안민동

네 뒤에 내가 집을 짓는다
내 뒤에서는 그가 집을 짓고 있다
네 뒤에서 나는 집을 올려 짓는다
내 뒤에서는 그가 집을 올려 짓고 있다
네 집 등 뒤 숨구멍 같은 창문으로 새어나오는 빛을
내가 내려다보고 있다
내 집 등 뒤 숨구멍 같은 창문으로 새어나가는 빛을
그는 내려다보고 있을 것이다
이상한 일이다
우리는 모두 서로의 등 뒤만 보고 있다
등에 난 작은 창을 통해 서로 관통해 있다

마을의 원주민이었던 자들은
우리가 지은 집들에 둘러싸여
죽은 애벌레처럼 웅크리고 있다

애벌레 집 옆방에는 베트남 청년들이 세들어 살고 있다

꿈에

새벽에 꿈을 꾸었다 이유는 모르겠고 우리는 셋이었는데 모두 화장실이 급했다 하나는 아는 여자였고 하나는 후배였다 나와 후배는 여자를 먼저 화장실에 보내기로 했다 나는 여자가 나오면 가기로 하고 혼자 여행길에 나섰다 넓은 들판이 나왔다 들판을 가로질러 철길이 달려갔다 철길은 여러 갈래였다 나는 기차가 오지 않는지 살피면서 철길을 가로질러 들판을 건넜다 들판을 건너자 작은 어촌 마을이 나왔다 외진 마을이었지만 유명한 사람들이 많이 살고 있었다 해변에 두 여자가 서 있었다 하나는 키가 크고 하나는 키가 작았다 왠지 모르지만 여자들을 보자 나는 잊고 있었다는 듯 급히 여행을 끝내고 돌아가기로 했다 도중에 금계국이 자욱하게 핀 언덕 너머로 여자 셋이 나타났다 셋 다 안면이 있었다 하나는 화장실에 갔던 여자였고 둘은 조금 전에 만났던 키 큰 여자와 키 작은 여자였다 여자들은 무슨 말인가 하려는 듯했지만 나는 무시하고 비어 있을 화장실을 생각하며 발걸음을 재촉했다 방금 전에 건넜던 들판의 철길을 다시 조심히 건넜다 기차는 어디에도 보이지 않았다 철길을 건너자 처음 떠났던 마을이 나타났다 그때 큰 가로수가 하나 내 앞으로 넘어졌다 이유는 모르지만 내 앞을 막아선 가로수를 가볍게 한쪽으로 치우자 화장실이 저쪽에 보였다 화장실이 급한데 누가 자꾸 뒤에서 당겨서 발걸음을 뗄 수가 없었다 온 힘을 다해 달렸지만 좀체 앞으로 나아갈 수 없었다 그래 내가 달리기에 소질이 없었지 아무리 달리기에 소질이 없다 해도 이 정도는 아니었다 나는 꿈을 의심하기 시작했다 의심과 함께 꿈의 저 바닥에서 한 가닥 안도감이 밀려오고 있었다 화장실은 문밖에 있었다

대신 개의 이름을 불렀다

너의 이름을 부르자 길 가던 개가 뒤돌아 보았다
나는 네가 나를 잊지 않았다는 것을 깨달았다

개의 이름을 부르면 네가 뒤돌아 보았다

쿵

그가 쓰러졌다 살면서 몇 번 넘어진 적은 있었지만 그
때마다 그는 엉덩이를 털며 바로 일어났다 이번은 아니었
다 쓰러지는 순간 넘어졌다고 생각하고 일어나려고 애썼
지만 몸이 말을 듣지 않았다 예전에 넘어졌을 때와 달랐
다 쓰러져 누워 그는 생각했다 넘어진다는 것과 쓰러진다
는 것의 차이를 어렴풋이 알 것 같았다 넘어졌을 때 누군
가 달려와 손을 내밀었던가 쓰러졌을 때 나무에 앉았던
새가 놀라 나무에서 떨어졌던가 그는 허공을 향해 손을
내밀었다 아무도 손을 잡아주지 않았다 한참 뒤 쓰러져
누운 그의 귓가로 멀리서 발자국 소리 하나가 다가오는
것 같았다 그 소리는 무겁고 느렸다 그는 죽은 아내를 떠
올렸다 그는 안도의 숨을 내쉬었다

시집을 돌리다

떡을 돌리듯 시집을 돌린다
덩치가 산만하다는 내가 시 쓰는 게 부끄러워
시집을 내도 줄 데가 없는데
어디다 줄까 어디다 줄까 하다
업무차 거래하는 새마을금고 김 양에게 준다
어디다 줄까 어디다 줄까 하다
혼자 일하는 출장 우체국 여직원에게 준다
어디다 줄까 어디다 줄까 하다
내 적은 돈을 맡겨 놓고 있는 농협 창구 아가씨에게 준다
어디다 줄까 어디다 줄까 하다
나를 자전거 아저씨라고 부르는 아람마트 캐시어에게
준다
어디다 줄까 어디다 줄까 하다
요즘 잘 가지 않는 청솔노래방 여사장에게 준다
어디다 줄까 어디다 줄까 하다
내 대머리를 만져주는 미용원 원장에게 준다
어디다 줄까 어디다 줄까 하다
혼자 사는 신우아파트 미화원 현숙 씨에게 준다

어디다 줄까 어디다 줄까 하다
전직 보험설계사 술친구 미경에게 준다
어디다 줄까 어디다 줄까 하다
퇴근 시간 참새방앗간 포차포차 여주인에게 준다

눈치채셨는가
그렇다 나도 방금 눈치챘다
나는 시집을 동네 여자들에게만 돌리고 있었다
그것도 마음속으로

모두 으아해 쳐다보겠지

팔씨름 공화국 그 후

다섯이 모였다
얼마 전까지만 해도 여섯이었는데
그 새 하나가 빠졌다
성질 급한 친구가 술을 꺼내오고
여주인이 술안주를 만들어왔다

이빨 빠지듯 하나가 빠졌지만
시간이 지나면서
빠진 표가 나지 않았다

혈압을 이야기하고
당뇨를 이야기하고
임플란트를 이야기하고

더 이상 할 이야기가 없었다
그때 누가 빠진 하나를 소환했는데

둘이 옆 테이블로 건너가 또 팔씨름을 했다

오늘의 실수

네가 물어보지도 않았는데
나는 외롭지 않다고 말하고 말았다
아무것도 가진 것이 없는 나도
외롭지 않다는 것을 강조하고 싶었나 보다
정숙한 처와 잘 커준 자식들을 거느린 네가
왜 외롭냐고
외로움은 사치라고
말하고 싶었나 보다
너와 헤어져 빈집으로 돌아와 깨닫는다
내가 너무 이기적이었다
너는 이미 세상에 크게 이바지했다
너야말로 외로울 때 맘껏 외로워할 자격이 있다
술잔을 깊숙이 들이켜는 네가
어쩌면 외로울 지도 모른다고 지레 짐작하고
짐짓 외롭지 않은 척한 것은
나의 실수였다

깡패 낙엽

우리 마을 입구에는 수백 년 묵은 팽나무가 한 그루 서 있습니다.

늦가을 아침 출근 시간이면 나무 아래에서

노란 조끼를 입고 낙엽을 쓸고 계시는 어르신들을 봅니다.

낙엽은 쓸어도 쓸어도 떨어지고

어르신들은 매일 아침 처음인 듯 낙엽을 치웠습니다.

나무 옆으로 마을의 중앙도로가 지나가니 안 치울 수 없을 터인데

오늘 아침은 어찌 된 일인지 어르신들이 보이지 않는 겁니다.

어르신들이 지치셨구나.

점심 무렵 새마을금고에 갈 일이 있어 나무를 지나갔습니다.

지난밤에 떨어진 낙엽들과 그새 새로 떨어진 낙엽들이

깍두기 머리를 하고 떼를 지어 다니는 깡패들처럼
거리를 휩쓸고 다니고 있었습니다.

　내일 저 깡패들을 쓸어버릴려면 한바탕 전쟁을 치르
셔야겠군.

위험한 오빠

내 동생도 아니면서 나를 오빠라 부르지 마라
오빠는 지금 위험하다
오빠는 늘 위험하다
오빠라 부르면 더 위험하다
내 동생은 나에게 누나인 것처럼 말한다
내 동생은 오빠는 위험하다고 훈계한다
나는 동생의 훈계를 조용히 들어준다
내 동생은 동생이 아니라 누나이기 때문이다
나에게 동생은 없다
내 동생도 아니면서
나를 오빠라 부르지 마라
경고한다
나는 위험하다
너를 위험에 빠뜨릴 수 있다
너를 덮칠 수도 있다
동생도 아니면서
짐승에게 오빠라 부르지 마라

3 부

입춘 즈음

아스팔트 골목길이다
잊고 있던 향기가 코끝을 스쳐갔다

검은 옷을 입은 여자가 앞쪽에서 걸어가고 있었다
나는 자전거의 속도를 높여 여자 뒤를 쫓아갔다

골목길 끝에서 여자를 놓치고 말았다

검은 옷의 여자의 행방이 묘연하다

타임지를 읽는 경비

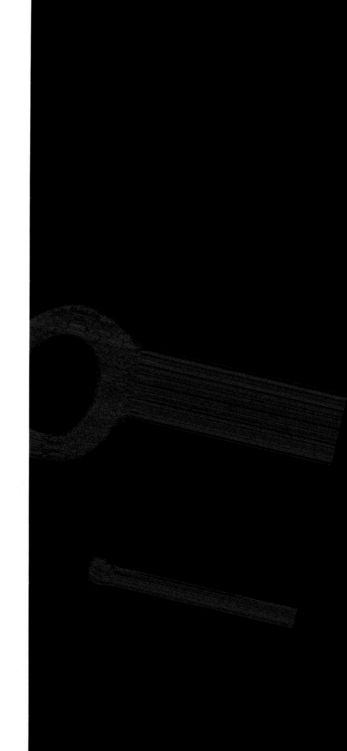

내 몸에는 경비의 피가 흐른다
아버지는 한때 경비셨다 아니 수위
경비나 수위나 내 몸에 경비의 피가 흘러들어왔다는 것을
안 지 오래다 나는 당황하지 않고 내 몸으로 흘러드는
경비의 피를 지켜보았다
나도 경비가 되고 싶었다

아버지는 경비로 일하시며 일본 성인잡지와 무협지를
읽으셨다
나는 타임지를 읽고 싶었다
타임지를 읽는 아파트 경비 이야기를 들은 적이 있다
그들을 비웃었지만
나는 부러웠다
나도 경비가 되어 타임지를 읽고 싶었다
경비가 되어 타임지를 읽는 것이
나에게는 출세였다

모두 잠든 밤

순찰을 끝내고 경비실로 돌아와
서랍 속에 숨겨둔 타임지를 꺼낸다
사전을 꺼낸다
매끈한 여인의 피부같은 질감이 나를 유혹한다
어둠 속에 밝힌 불빛 아래 누운
짙은 화장의 여인
붉은 매니큐어의 손으로 타임지를 쥐고 있는
너를 범하고 싶었다

나는 지금 어둠 속에서 컴퓨터 모니터를 들여다 보고
있다
여기는 시간 밖이다

동생과 춤을

늙도록 신랑과 노가다를 하며 사는 동생이 전화를 했다
오빠 부탁 하나 들어줄 수 있을까 그래 평생 네 부탁 들
어준 적 없는 오빠지 들어줄게 뭐니 우리와 같은 업종의
일을 하는 어느 업자를 도와 일을 해주었는데 그 업자가
일을 맡긴 주인에게서 돈을 받고도 우리한테는 일당을 안
쳐주고 생까네 전화도 안 받고 그래서 오빠 우리 작전을
짜자 오빠가 그 놈에게 일을 준다면서 불러내면 서서방과
내가 중간에 그 놈 멱살을 낚아챌 수 있을 거야

상상하지 못한 부탁이라 당황했지만 나는 내 사전에 없
는 거짓말을 하기로 하고 동생의 작전에 참여하기로 한다
동생을 이해한다 동생을 사랑한다 그야말로 땀방울이 가
득 밴 돈이 아니겠는가 나는 화장실이 문제가 없는데도
동생이 짠 작전 각본에 따라 화장실을 새로 꾸미고 싶다
며 업자에게 전화를 한다 놈은 아무 것도 모르고 지금 하
고 있는 일을 마치고 저녁에 현장을 방문하겠단다 요놈
봐라 남의 돈 떼먹은 놈 내 동생의 돈을 떼먹은 놈 돈 욕
심은 많아 가지고

퇴근해 있는데 놈이 도착해 벨을 누른다 자식 나보다

늙어가지고 일을 시켰으면 돈을 주는 게 마땅하지 놈도 내 집을 찾아오는 손님이라고 화장실이 더럽지나 않은지 청소까지 하지 않았던가 놈이 순순히 들어온다 놈은 익숙한 듯 바로 화장실을 찾아간다 자식 한 치 앞의 운명도 모르고⋯ 자식이 화장실을 막 들여다보는 순간 안방에 숨어 있던 서서방이 냅다 덤벼들어 놈의 멱살을 낚아챈다 서서방은 힘이 세다 자신의 땀이 배인 돈을 떼인 자는 힘이 세다 놈은 깜짝 놀라며 멱살을 잡힌 채 나를 쳐다본다 동생아 저 놈이 나를 원망하는 눈으로 쳐다보는구나 괜찮다 저런 놈에게 미안해할 필요가 없지 동생아 우리 작전 성공한 거지 뿌듯하구나 내가 내 동생의 부탁을 다 들어주다니 오빠가 미안하다 오빠가 미안하다 하나밖에 없는 내 동생

두 발로 걷는 것과 네 발로 걷는 것

두 발로 걷는 것과 네 발로 걷는 것이 나란히 걸어가고
있다

두 발로 걷는 것과 네 발로 걷는 것은 친하게 지내게
된 지 얼마 되지 않았다

두 발로 걷는 것은 자립하게 되자

혼자 지내는 게 좋았다

어느 날 문득 외로움을 느꼈지만

자신과 같이 두 발로 지내는 것을 사귀는 게 귀찮았고

혼자는 외롭고

그래서 네 발로 걷는 것에게 곁을 주었다

네 발로 걷는 것은 숙식을 제공해주는

두 발로 걷는 것의 옆에서

두 발로 걷는 것이 외로움을 느끼지 않도록 최선을 다
했다

도로변 집 담장에 덩굴장미가 한창 피었다

두 발로 걷는 것은 장미가 아름답다고 생각했고

네 발로 걷는 것은 두 발로 걷는 것이 좋아하는 것이

기뻤다

 담장 아래서 네 발로 걷는 것은 변의를 느꼈다
 두 발로 걷는 것은 네 발로 걷는 것이 길 한가운데에서
변을 보게 내버려두었다

 길 한가운데 네 발로 걷는 것의 그것이 오랫동안 덩그
러니 그렇게 있었다

 담장 위 덩굴장미가 표정 없이 그것을 내려다보고 있었
다

학교는 언덕 위에 있었다

배가 산으로 올라간다고 했듯이 학교는 자꾸 산으로 올라갔다 여학생들은 종아리가 굵어지는 것을 걱정하고 남학생들은 튼튼한 다리를 갖기를 원했다 여학생과 남학생들은 따로 무리 지어 언덕을 올라갔다 하교시간에 종아리가 굵어질까 걱정하는 여학생과 튼튼한 다리를 갖고 싶은 남학생이 나란히 언덕을 내려왔다 구름 많은 서쪽으로 노을이 지고 멀리 바다가 내려다 보였다 나는 튼튼한 다리를 갖고 싶어 자전거로 등하교를 했다 자전거는 신문배달을 해서 모은 돈으로 산 것이었다 자전거로 등하교하는 여학생도 있었다 다리가 굵지 않은 나는 자전거로 등하교하는 여학생이 지나가면 부끄러워 길을 비켜주었다 나는 종아리가 굵어지는 것을 걱정하는 여학생을 만나지 못하고 학교를 졸업했다 학교를 졸업하자 학교는 더 높은 언덕으로 옮겨갔다 종아리가 굵어질까 걱정했던 여학생과 튼튼한 다리를 갖고 싶었던 남학생이 언덕 위의 학교로 옮겨갈 때 나는 더 이상 언덕을 올라갈 수 없었다 나는 자전거에서 내려 닭 쫓던 개처럼 언덕 위의 학교를 올려다 보고 있었다 언덕 위에는 높은 탑이 서 있고 그 위로

푸른 하늘이 깊었다 나는 튼튼한 다리를 갖지 못한 채 자
전거를 타고 언덕을 내려왔다

화장실 수건

사무실에 앉아 있으면
화장실을 사용할 수 없겠냐며 급히 문을 열고 들어오는
사람들이 있다
그럴 때마다 얼마든지 사용하시라며 일부러 친절한 미
소까지 지어보였다

화장실을 쓰고 손을 닦으려는데 수건이 더럽지 않은가
나는 손을 닦으려다 말고 바지에 훔쳤다

씻은 손을 자신의 옷자락에 훔쳤을
화장실을 빌려쓴 사람들
화장실은 급해서 빌려쓸 수 있다 해도
남의 화장실 수건은 사용하기가 꺼려지는 건 당연하다

한번 떨어진 기온이 좀체 올라오지 않는 날들이다
나는 화장실에 쓸 수건을 집에서 세탁해 가져왔다
사무실에서 가져간 수건은 세탁기에 던져 넣어두었다

들판에 덩그러니 의자가 놓여 있다
그 옆에 새하얀 변기
의자에 내가 앉아 있고
변기 옆에는 수건이 깃발처럼 펄럭이고 있다

뒤가 나를 일깨운다

새마을금고에서 비밀번호를 눌러주고
돌아서 무심코 밖을 내다보았네
도롯가로 막 승용차가 한 대 멈춰서고
조수석에서 한 젊은 여자가 내렸네
나도 모르게 나의 시선은
여자를 쫓고 있었지
그런데 나만 여자를 쫓는 게 아니었네
건너편 팽나무 고목 아래 앉은 사내
이쪽에서 누군가가 보고 있다는 것을
아는지 모르는지
대놓고 여자를 힐끔거렸네
하도 노골적이라 같은 사내로서 부끄러웠네
사내여 그만 시선을 거두시라
그래서였을까
사내는 점점 작아지더니
어딘가로 증발해버렸지
밖은 무덥고
안은 시원했네

이때 뒤에서 누가 나를 부르는 소리가 들려왔네
금고 여직원이었지

거울 속에서 말 찾기

사람들이 내 얼굴이 좋아졌다 한다
한둘이면 모르겠는데
만나는 사람마다 그런다
나는 궁금하다
내 얼굴이 왜 갑자기 좋아졌을까
특별히 좋은 일이 있는 것도 아닌데
여자를 만나는 것고 아닌데
먹는 것도 먹던 대로 먹었고
매일 마시는 술도 변함이 없는데
왜 얼굴이 좋아졌지
좋아졌다면 나빴었다는 말인데
왜 나빴다 좋아졌나
나는 사람들의 말을 그냥 하는
립서비스라고 생각하기로 한다
내 얼굴은 언제 나를 배반할지 모른다
내 얼굴의 변화에 좋아할 일이 아니다
사람들은 언제 입을 닫을지 모른다
사람들의 말에 일희일비할 일이 아니다

거울을 들여다 본다
어제와 작별한 말을 거울 속에서 찾는다
내일과 마주할 말을 거울 속에서 찾는다

사계, 사람들

여름이 될 사람이 봄을 걸어가고 있다
봄인 사람이 겨울을 걸어가고 있다
가을이었던 사람이 여름을 걸어가고 있다

가을인 사람이 여름에 죽었다

봄이었던 사람이 봄을 뒤돌아보고 있다
겨울인 사람이 봄을 건너다보고 있다
여름인 사람이 가을을 기다리고 있다

봄인 사람이 봄에 죽었다

겨울인 사람이 봄이 다 가도록 죽지 않았다

잘 안 죽는 식물

화분을 샀다
화분에는 잘 안 죽는 식물이 자라고 있었다
살아있는 뭐라도 하나 곁에 두고자 했는데
마침 누가 지나가면서
잘 안 죽는 식물이라고 했다
나와 같이 할 수 있는 조건은
곁에 살아있되 자신의 삶을 내게 의탁하지 않아야 했다
화분은 작고 앙증맞았다
사서 일주일 이상을 잊고 있다
퍼뜩 생각이 나 보았더니
처음 가져올 때와 별반 다르지 않았다
정말 잘 안 죽는구나
나는 불쌍한 마음으로 처음으로 물을 주었다
일 주일에 한 번쯤이야 백 년이라도 할 수 있지
처음으로 집안에 생물을 들여
한 집에 둘이
세상에서 가장 편한 동거를 시작했다

피 흘리며 걸어가는 여자

저 여인은 왜 이쪽을 쳐다보며 걸어가나
어제도 오늘도 내일도
여인이여
돌부리에 넘어질라
혹시 나의 비밀을 알고 계신가
나의 비밀은 무엇인가
전생에 나와 연인이셨나
나는 전생에 누구였나
한쪽으로 고개가 돌아가버린 슬픈 짐승처럼
나의 비밀을 알고 있는 여인이
나의 전생을 알고 있는 여인이
걸어가고 있다
허방을 디딜라
여인이여
기억 속에 어린
눈물 혹은 피

봄, 사람들

가을인 사람이 봄을 걸어가고 있다
겨울인 사람이 봄을 걸어가고 있다
여름인 사람이 봄을 걸어가고 있다

봄인 사람이 봄을 걸어가고 있다

가을인 사람이 외롭다고 말했다
겨울인 사람이 쓸쓸하다고 말했다
여름인 사람이 그립다고 말했다
봄인 사람은 기쁘다고 말했다

봄여름가을겨울인 사람들이 함께 봄을 걸어가고 있다

봄은 여름인 사람을 무시하지 않고
봄은 가을인 사람을 무시하지 않고
봄은 겨울인 사람을 무시하지 않고

봄은 봄인 사람과 연애하지 않았다

청탁이 들어왔다

뜨거운 국밥을 입에 떠넣으며 그가 물었다
시집은 언제 나오냐고

그는 재활용쓰레기를 수거해가는 수거업자
이 주에 한 번 집게차를 몰고 들어왔다

　집게차 위에 앉아 있으면
　세상이 저 아래로 내려다보입니다

내 시의 주인공이 되고 싶은 그

그러지 않아도 나는
집게차에 높이 앉아 작업하는 그를 올려다보며
그의 시가 내게 찾아와 주기를 기다리던 참이었다

국밥집을 나오면서 국밥값을 내가 냈다
계산대에 가까이 앉았기 때문이었는데
뒤따라 나오면서 그는 그걸 미안해했다

다리

그를 찾아가려면 긴 다리를 건너야했다

다리 왼쪽 강안으로 절벽이 있고
절벽 위 집 한 채
그의 집이었다

다리 오른쪽에는 술집이 있었다

저물녘 우리 둘은 다리를 건너가
그를 술집으로 불러내어
여주인을 불러 앉히고
넷이서 술을 마셨다

밖에는 바람이 불고 있었다

길 위를 굴러다니던 가랑잎이
우리가 다시 건너가야할 다리를
먼저 건너가고 있었다

4 부

하류의 노을

물 속을 뚫어져라 내려다보던 왜가리가
마침내 물고기 한 마리를 낚아챘다
왜가리의 부리에 물려
물 밖으로 나온 물고기가 몸을 털며 버둥거렸다
물고기 몸에서 떨어진 물방울이
허공에서 번쩍이며 부서져내렸다

물고기를 낚아챈 순간 왜가리는 기분은 어땠을까

강둑에서 그의 실패를 지켜보았던 나는
속으로 박수를 쳐주었다

핏빛으로 물들기 시작하는 강물

나는 왜가리의 가는 목으로 넘어가던
물고기를 생각했다

문

오늘 문으로 들어오는 너는 아름다웠다
어제 너는 미웠었다
나는 의아했었다
어떻게 갑자기 미울 수 있지

어제의 문에서 너는 미웠지만
오늘의 문에서 너는 아름다움을 되찾았다

밤이 오고
별이 뜨고
바람이 지나가고

나는 겨우 하루를 살았을 뿐이었다

너는 다시 문으로 들어왔고
문 앞에 잠시 멈춰섰을 때 너는
세상에서 가장 아름다웠다

나는 너의 미인에게
반갑게 활짝 웃었다

일상은 계속된다

    토요일 아침도 안 먹고 누웠는데 누나가 전화를 했는데 장어국을 끓였으니 내일 점심때 와서 한 그릇 먹고 가라 했는데 전화를 끊고 뭐라도 먹어야겠다 냉장고 문을 열어 보았는데 먹다 남은 옥수수가 있었는데 옥수수는 어제 마트에 갔을 때 눈에 쏙 들어왔는데 옥수수와 우유 한 잔으로 아침을 때우고 영화 한 편을 다운받아 보았는데 허리가 아파 누워서 보았는데 손목에 철심을 박는 수술을 받은 뒤 대상포진이 왔는데 대상포진은 큰 수술 뒤 올 수 있다 했는데 왼쪽 옆구리가 지끈지끈 아팠는데 대상포진은 잘 먹고 잘 쉬어야 한다 했는데 소고기 두 팩을 구어 맥주 한 캔과 소주 한 병을 타서 마셨는데 대상포진은 낮에는 좀 괜찮은데 밤이 부서워 밤에 깨다 자다 했는데 오늘은 일요일 열 시쯤 누나가 다시 전화해 좀 일찍 올 수 없냐 했는데 차 타고 이십 분 만에 누나집에 도착했는데 오랜만에 오는 누나집은 이전과 별로 달라진 게 없었는데 복사집이 꽃집으로 변했고 식당과 카페는 그대로였는데 매형에게 세는 꼬박꼬박 들어오냐 물어보았는데 잘 들어온다 보기와 달리 장사가 잘 된다 보기는 전혀 그렇지 않

아보였는데 그새 누나가 장어국을 내 왔는데 누나 이전에
는 장어국 자주 얻어먹었는데 오랜만에 얻어 먹네 장어국
에 밥을 다 먹었는데 누나가 집에 가져가 먹으라 세 번
정도 먹을 수 있을 거야 장어국을 비닐에 넣어 싸주었는
데 비닐봉지를 들고 집으로 돌아왔는데 깜빡 잊고 차에
놓고 내렸는데 23층까지 올라왔다 다시 내려가 가지고 와
냉장고에 넣었는데 이제 뭘 하지 그래 또 영화 한 편 요
즘 한국영화 재미있던데 박찬욱 감독의 파주를 보았는데
리뷰도 찾아보았는데 박찬욱이 아니라 박찬옥이라는 걸
알았는데 그럼 그렇지 했는데 질투는 나의 힘도 있다 기
형도의 시에서 따왔다 했는데 질투는 나의 힘을 다운받아
보았는데 홍상수 감독의 영화와 비슷했는데 홍상수 감독
영화를 좋아했는데 지금은 좀 아닌데 뭐랄까 등장인물들
이 하나같이 지식인연 한다 그럴까 유튜브의 일상브이로
그도 재밌었는데 딱히 기승전결이랄 것이 없는 프랑스 영
화처럼……

안민고개

안민동에는 두 부류의 사람이 있다
안민고개를 오르는 사람과
안민고개를 올랐던 사람이다
안민고개를 오르는 사람은 매일 안민고개를 오른다
안민고개를 올랐던 사람은
안민고개 아래에서 텃밭을 가꾸거나
대숲에 모여 윷놀이를 했다

안민고개를 올랐던 사람들은 말했다
자신들도 안민고개를 오르던 때가 있었다고

등에 작은 등산가방을 맨 여자 셋이 길모퉁이에 서 있다
방금 도착한 여자 하나가 기다리던 여자 셋과 합류해
넷이 나란히 안민고개를 올라갔다

대숲에 모여 윷놀이를 하는 사내들이
아침부터 소주를 옆에 놓고 삼겹살을 구울 준비를 하고
있었다

술 사러 간다

일요일 오후는 내가 나에게 져 주기 좋은 시간;
꾹꾹 참다
머리 한 번 가로젖고
술 사러 간다

아버지 무거운 몸으로 집에 돌아오셔서
강아 가서 막걸리 한 되 받아오너라

술 좋아하시던 아버지 돌아가시고
술 받아오라는 사람 없어도

벗었던 바지 다시 입고
모자 쓰고
마스크 쓰고

나에게 술 받아줄 아이는 나
큰 아이가 술 받으러 간다

자전거 타고

나의 모든 누나

지난 토요일 우연히 한 여인을 만났습니다.

혼자 좋아했던 두 살 위의 누나였습니다.

손꼽아 보니 40년 만이더군요.

누나는 나를 귀여웠다고 기억하고 있었습니다.

섭섭했지만 어쨌든 오랜만에 만나 반가웠습니다.

그런데 오늘은 가까이 사는 친누나가 제 사무실을 찾아와

저를 보고 싶다고 해서 들렀다면서

고향 누나라며 한 여자를 소개하는 게 아니겠습니까.

기억을 더듬어 보니 이건 무려 50년도 훨씬 더 되었습

니다.

지난 토요일의 기록이 무색했지요.

나는 그 누나의 얼굴을 기억하지 못하겠는데

그 누나는 내 얼굴을 뚜렷이 기억하고 있었습니다.

우리 집 뒤에는 작은 언덕이 있었습니다.

언덕 위로는 돌계단이 놓여 있었고요.

어떻게 그게 가능했는지 모르겠지만

나는 그 계단 너머로 가보지도 않은 것 같은데

그 너머에는 집이 있고

그 집에는 늙은 아버지와 나보다 나이가 몇 살 많은
딸이 살고 있었다고 어렴풋이 기억하고 있었습니다.
아 그 딸이 그 누나였습니다.
그때 나는 아직 다섯 살도 안 되었는데
내 어렴풋한 기억은 사실이었던 것입니다.
그렇다면 내가 기억하지 못하는 내 기억 너머에는
또 누가 있을까요.
며칠 사이 생각지도 않던
오랜 기억 속의 누나들이 연거푸 내 앞에 나타났으니
내일쯤이면 내 기억 너머의 시간을 기억하는
누나가 나타날지도 모른다는
야릇한 기대가 생겼습니다.

팔십

그는 참 귀여운 면이 있는데
오늘 같은 경우도 그랬다
내가 현관 벨을 누르면 안쪽에서 인기척이 들린다
그가 자리에서 일어선 것이다
그는 거실과 현관 사이의 여닫이문을 열고
현관에 있는 아무 신발이나 대충 신고 달려나와
나를 맞이할 것이다
그가 현관문을 따서
밖으로 살짝 밀면서 문을 열어주면
나는 그와 바로 만날 텐데
키 차이가 있긴 하지만
매번 현관문에 너무 바짝 붙어 서서
그의 첫 눈길은 항상 내 가슴께에 머문다
다음 순간 그는 눈 앞에서 갑자기 무슨 벽이라도 만
난 양
약간 당황하는 기색을 띠다
얼른 고개를 들어 나와 눈을 맞추고
그제서야 반갑게 미소짓는다

그게 귀엽다

얼마 전 감기를 심하게 앓았다는 그는
올해 팔십이다

떡이 들어왔다

방금 점심을 먹었는데 누가 떡을 갖다주었다

이게 웬 떡이냐

아이 돌떡이란다

배가 부르지만 떡을 보니 떡이 먹고싶다

그런데 이 겹겹의 포장이라니

웬 떡이냐고 하셨지만

저는 그렇게 만만하지 않아요

저를 손에 넣으려면 그만한 노력이 필요해요 라듯이

쉽게 손에 넣으면 귀한 줄 모르실 테니

옷을 많이 껴입었어요 라듯이

저 중심까지 손끝이 언제 가 닿을까

나는 밤을 까는 다람쥐처럼 열심히 떡포장을 벗긴다

떡은 혼자 오지 않는다고 했던가

누가 또 떡을 가져왔다

이건 또 무슨 떡이냐

이사떡이란다

아까는 떡이 앞에서 들어오더니

이번에는 떡이 뒤에서 들어오는군

아 배가 부른데
오늘따라 무슨 일로 떡이 연달아 들어오나
떡이 들어와 좋은데
혼자 오지 않는 불행이 아니라
다행인데
그건 배고팠던 때 이야기고

나는 넘어지고 그는 웃었다

우리는 자전거를 타고 다운힐을 했다
다운힐 자전거를 처음 타는 나는 앞서고
다운힐 자전거를 오래 탄 그는
뒤에서 나를 살피며 따라왔다
산길이 험하지 않았는데
소나무가 서 있는 코너에서 나무뿌리에 걸려
내가 넘어지고 말았다
낙엽 위로 넘어졌고
다치지는 않았지만
뒤따라오던 그는 넘어지는
내 모습이 우스웠던지 웃었다
그 뒤로도 그 웃음은 불쑥불쑥
그에게서 터져 나왔는데
나는 그의 웃음이 싫지 않았고 오히려
기억을 나누어 갖게 된 것이 기뻤다
그 기억을 다른 기억이 막아서기 전까지
우리는 종종 같이 웃을 수 있었다
그때까지만 해도 우리의 웃음 속에는

푹신했던 낙엽의

냄새가 묻어 있다는 것을

그도 안다고

나는 확신했다

사탕을 주는 여인

당신은 땀 흘리는 나에게 사탕을 주었소
여인이여 사탕도 좋지만 사랑을 주시오

당신은 매일 내 앞을 지나가지요
방금 당신 신랑도 지나갔는데
신랑에게는 사랑을
나에게는 사탕을

나는 무엇을 주든 마다하지 않는 사람

여인이여 늙은 여인이여
땀 흘리는 나에게
사탕만 주지 말고
신랑 몰래
달콤하여라
사탕도 좋지만
사랑이 남아 있다면
이제 사랑을

하류의 초소

강변을 달려 하류에 닿았습니다
두 강이 합류하고 있었습니다

다이빙하며 물고기를 쫓는
오리 두 마리

물 밖으로 투신하는 물고기들

젖이 차오르는 여인처럼
강이 역류하기 시작했습니다

오른쪽 산꼭대기에서
강을 내려다 보고 있는 저 초소는 누구입니까?

바람이 분다

바람이 싫다. 싫은 바람이 분다. 검은 비닐봉지가 공중 부양한다. 나는 모자를 눌러쓴다.

이상한 영화를 보았다. 사탄탱고. 바람으로 가득하다. 검은 바람이 분다. 흑백의 바람이 분다. 세 사내가 텅 빈 거리를 걸어가고 있다. 바람이 쫓아간다. 쓰레기들이 뒤따라간다. 가운데 키가 우뚝한 자는 예수를 닮았다. 머리카락이 어깨까지 흘러내렸다. 모자를 쓰고 있다. 검은 모자다. 색깔은 중요하지 않다. 아니, 색깔이 중요한가? 바람은 왜 예수의 모자를 벗기지 못하는가. 바람은 발아래로만 분다. 편리한 바람이다. 바람은 길 위 쓰레기들을 휩쓸고 갈 뿐 모자는 벗기지 못한다. 이상한 바람이다. 내가 원하는 바람이다.

자전거와 함께 한다. 네가 개와 함께 하는 것과 같다. 자전거를 타고 외출한다. 가령, 라면이 떨어졌다. 술이 떨어졌다. 자전거를 타고 마트에 간다. 자전거를 엘리베이터에 태운다. 아이가, 아이의 어머니가 탄다. 아이와 아이의 어머니는 나를 자전거할아버지라고 부른다. 검은 모자를 쓴 자전거할아버지. 색깔은 중요하지 않다. 아니, 색깔이 중요한가? 매일 자전거를 데리고 엘리베이터를 타는 키다리 할아버지. 할아버지, 할아버지는 왜 매일 자전거를 데리고 다니세요? 할아버지는 왜 늘 모자를 쓰고 다니세요? 아이야, 할아버지에게 자전거는 네 어머니가 너를 생각하는 것과 같단다. 아이야, 엘리베이터를 탄 아이야, 할아버지가 비밀을 하나 말해줄게. 할아버지의 모자 속에는 흰 비둘기가 한 마리 살고 있단다. 할아버지는 마술을 할 수 있지. 할아버지에게 마술은 참 쉽단다. 모자를 벗기만 하면 되니까. 너에게만 할 수 있는 마술이지. 엘리베이터 안에서만 할 수 있는 마술이지. 네가 다 자라기 전에, 엘리베이터가 1층에 도착하기 전에. 네가 놀라는 동안 네 어머니는 어쩌면 웃을지도 몰라.

바람이 분다. 자전거를 달린다. 라면이 떨어지지 않았다. 술이 떨어지지 않았다. 마트에 가지 않는다. 네게로 간다. 모르는 네게로 달려간다. 없는 네게로 달려간다. 없던 네가 갑자기 생겼다. 네가 걸어간다. 개를 데리고 간다. 나는 개를 싫어하지만 나의 자전거가 너의 개이므로 나는 너와 가까워지고 있다. 검은 비닐봉지가 공중으로 날아오르지 않는다. 나는 모자를 깊이 눌러쓴다.

이리로 이사 오고 너를 보았다. 네가 개를 데리고 걸어 갔다. 나는 자전거를 타고 달려갔다. 나는 너를 보았다. 나는 너의 개를 보았다. 네가 나를 보았다. 네가 나의 자 전거를 보았다. 나는 모자를 눌러쓴다. 검은 모자. 색깔은 중요하지 않다. 아니, 색깔이 중요한가?

개가 앞서간다. 개가 너를 데리고 간다. 너는 한쪽 손에 검은 비닐봉지를 들고 뒤따라 간다. 색깔은 중요하지 않 다. 아니 색깔이 중요한가? 장미가 한창이다. 이 작은 마 을을 장미가 점령했다. 바람이 분다. 나는 모자를 눌러쓰 는 대신 자전거의 속도를 늦춘다.

아이야, 할아버지의 모자 속에 사는 비둘기는 엘리베이 터 안의 cctv가 보았을 거야. 어제 할아버지가 23층에서 내려오다 거울을 잠시 보았는데 그때 할아버지도 모르게 모자를 벗고 말았거든. 순간 모자 속에 사는 비둘기가 날 아오르려고 했어. 할아버지는 얼른 비둘기를 모자 속에 넣고 다시 모자를 썼단다. 모자 속의 비둘기는 모자 속에 서만 살아야 하니까. 모자 속의 비둘기는 모자 속에서만 살 때 네게 마술을 보여줄 수 있으니까. 네가 더 자라기 전에. 엘리베이터가 1층에 도착하기 전에.

그런데 아이야, 모자 속의 비둘기가 모자 밖으로 나오고 말았구나. 엘리베이터 안이었냐고? 그랬으면 다행이었겠지, 비둘기를 다시 모자 속에 넣으면 되니까.

바람이 몹시 불고 있었단다. 할아버지는 어제처럼 자전거를 타고 달려가고 있었지. 개가 걸어가고 있더구나. 개가 혼자 걸어가고 있었냐고? 그럴 리가. 빨간 여자가 뒤따라 가고 있었지. 세상에서 엄마가 제일 예쁘다고 생각하는 너는 인정하고 싶지 않겠지만 할아버지가 보기엔 네 엄마보다 더 예쁜 여자였지. 검은 비닐봉지를 들고 뒤따라가고 있었지. 그때, 그때 말이야. 저기 앞쪽에 검은 모자를 쓴 예수를 닮은 사내가 걸어가고 있었단다. 그때, 그때 말이야. 갑자기 한 줄기 키 큰 바람이 불어와 예수의 모자를 벗겨 달아났단다. 그때, 그때 말이야. 바람이 할아버지 모자를 낚아채 달아났단다. 모자 속의 비둘기는 어떻게 되었냐고? 비둘기도 날아올랐지. 그리고 어디론가 날아가버렸단다. 할아버지는 자전거를 멈추고 예수를 닮은 사내를 쳐다보았단다. 예수를 닮은 사내가 돌아서서 할아버지 쪽을 쳐다보고 있더구나. 할아버지는 예수의 얼굴을 보았지. 아, 할아버지는 예수의 얼굴에서 너의 모습을 보고 말았구나. 할아버지는 얼른 자전거에 올라타 페달을 힘껏 밟았단다. 할아버지는 예수를 닮은 사내에게서 달아나고 싶었단다. 네게서 달아나고 싶었단다. 빨간 여자에게서 달아나고 싶었단다.

아이야, 사랑스러운 아이야. 이제 너에게 마술을 보여줄 수 없게 되었구나. 할아버지 모자 속에는 더 이상 비둘기가 살지 않는단다. 할아버지 마술은 너에게만 보여줄 수 있는 마술이었지. 네가 다 크기 전에. 엘리베이터가 1층에 도착하기 전에.

아이야 네가 다 컸을 때 어떤 할아버지가 검은 모자를 쓰고 자전거를 타고 길을 가고 있거든 네가 다 크기 전에 매일 엘리베이터 안에서 만났던 이 할아버지의 검은 모자 속에 살았던 흰 비둘기를 한 번쯤 생각해주지 않으련!

■ 수/우/당/시/인/선

▩ 김승강의 시집과 산문집

시 집

흑백다방(열림원, 2006)

기타 치는 노인처럼(문예중앙, 2011)

어깨 위의 슬픔(도서출판 경남, 2017)

봄날의 라디오(황금알, 2017)

회를 먹던 가족(황금알, 2021)

타임지를 읽는 경비(수우당, 2024)

산문집

노인을 기다리며(불휘미디어, 2024)